KB161836

김 서방은 산에서 요술 부채를 주웠어요.
그 부채로 큰 부자가 되었지요.
부채로 과연 무슨 일을 벌인 걸까요?

추천 감수_ 서대석

서울대학교와 동 대학원에서 구비문학을 전공하고 문학박사 학위를 받았습니다. 한국구비문학회 회장과 한국고전문학회 회장을 지냈으며, 1984년부터 지금까지 서울대학교 인문대학 국어국문학과 교수로 재직 중입니다. 〈한국구비문학대계〉 1-2, 2-2, 2-6, 2-7, 4-3 등 5권을 펴냈으며, 쓴 책으로 〈구비문학 개설〉, 〈전통 구비문학과 근대 공연예술〉, 〈한국의 신화〉, 〈군담소설의 구조와 배경〉 등이 있습니다.

추천 감수_ 임치균

서울대학교 대학원에서 고전소설 연구로 문학박사 학위를 받고 현재 한국학중앙연구원 한국학대학원 어문예술계열 교수로 재직 중입니다. 한국학중앙연구원에서 문헌과 해석 운영위원으로 활동하고 있으며, 고전소설의 대중화 방안을 연구하여 일반인들에게 널리 알리는 일에 앞장서고 있습니다. 쓴 책으로 〈조선조 대장편소설 연구〉, 〈한국 고전소설의 세계〉(공저), 〈검은 바람〉 등이 있습니다.

추천 감수_ 김기형

고려대학교와 동 대학원에서 구비문학을 전공하고 문학박사 학위를 받았습니다. 현재 고려대학교 문과대학 국어국문학과 부교수로 판소리를 비롯한 우리 문학을 계승 발전시키기 위해 노력하고 있습니다. 쓴 책으로 〈적벽가 연구〉, 〈수궁가 연구〉, 〈강도근 5가 전집〉, 〈한국의 판소리 문화〉, 〈한국 구비문학의 이해〉(공저) 등이 있습니다.

추천 감수_ 김병규

대구교육대학을 졸업하고 한국일보 신춘문예에 동화가, 중앙일보 신춘문예에 희곡이 당선되면서 작품 활동을 시작했습니다. 대한민국문학상, 소천아동문학상, 해강아동문학상 등을 수상했으며, 현재 소년한국일보 편집국장으로 재직 중입니다. 쓴 책으로 〈나무는 왜 겨울에 옷을 벗는가〉, 〈푸렁별에서 온 손님〉, 〈그림 속의 파란 단추〉 등이 있습니다.

추천 감수_ 배익천

경북 영양에서 태어났습니다. 1974년 한국일보 신춘문예에 동화가 당선되었고, 〈마음을 찍는 발자국〉, 〈눈사람의 휘파람〉, 〈냉이꽃〉, 〈은빛 날개의 가슴〉 등의 동화집을 펴냈습니다. 한국아동문학상, 대한민국문학상, 세종아동문학상 등을 받았으며, 현재 부산 MBC에서 발행하는 〈어린이문예〉 편집주간으로 일하고 있습니다.

글_ 이영

일본 오사카에서 태어나 공주사범대학을 졸업했습니다. 중편 동화로 소년중앙문학상, 장편 동화로 새벗문학상을 수상했으며, 1995년에는 올해의 작가상, 한국동화문학상 등을 수상하기도 했습니다. 쓴 책으로 〈아빠 몸 속을 청소한 키모〉, 〈오성과 한음〉, 〈우리 선생님 짱!〉, 〈난 울지 않을래〉 등이 있습니다.

그림_ 전갑배

서울대학교 미술대학에서 응용미술을 공부하고, 서울대학교 미술대학원에서 석사 학위를 받았습니다. 현재 서울시립대학교 디자인대학원 교수로 재직 중이며, 한국기계공업진흥원 카탈로그 콘테스트 상공부장관상을 수상하였습니다. 그린 책으로 〈거울 속으로〉, 〈장군이 된 꼬마〉, 〈나라를 연 단군 할아버지〉, 〈저승 다녀온 선율 스님〉 등이 있습니다.

소년한국 우수어린이 도서수상

〈말랑말랑 우리전래동화〉는 소년한국일보사가 국내 최고의 도서 제품을 선정하여 주는 **우수어린이 도서**를 여러 출판사의 많은 후보작과의 치열한 경쟁을 뚫고 수상하였습니다.

말랑말랑 우리전래동화 33 신비와 기적 요술 부채

발 행 인 박희철
발 행 처 한국헤밍웨이
출판등록 제406-2013-000056호
주　　소 경기도 성남시 분당구 금곡동 444-148
대표전화 031-715-7722
팩　　스 031-786-1100
편　　집 이영혜, 이승희, 최부옥, 김지균, 송정호
디 자 인 조수진, 우지영, 성지현, 선우소연
사진제공 이미지클릭, 연합포토, 중앙포토

이 책의 저작권은 **한국헤밍웨이**에 있습니다. 본사의 동의나 허락 없이는 어떠한 방법으로도 내용이나 그림을 사용할 수 없습니다.

△ 주의 : 본 교재를 던지거나 떨어뜨리면 다칠 우려가 있으니 주의하십시오.
고온 다습한 장소나 직사광선이 닿는 장소에는 보관을 피해 주십시오.

요술 부채

글 이영 그림 전갑배

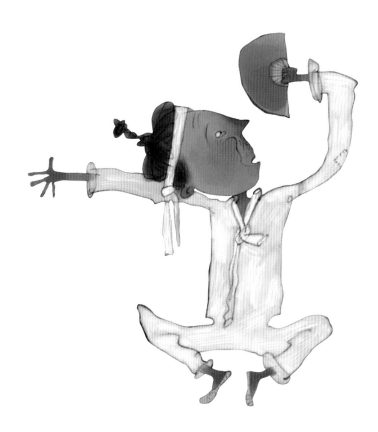

한국헤밍웨이

옛날 어느 마을에 가난뱅이 김 서방이 살았어.
김 서방은 약초를 캐서 겨우겨우 먹고살았지.
그런데 어느 해, 심한 *흉년이 들어
집집마다 고생이 이만저만 아니었어.
김 서방네도 두말하면 잔소리였지.
"보리죽이라도 좋으니 배불리 먹어 봤으면……."
김 서방의 아내가 텅 빈 쌀독을 보며 중얼댔어.
보다 못한 김 서방은 이웃 마을에 사는
최 부자에게 보리쌀을 꾸러 갔지.

*흉년 : 농작물이 잘되지 않아 굶주리게 된 해를 말해요.

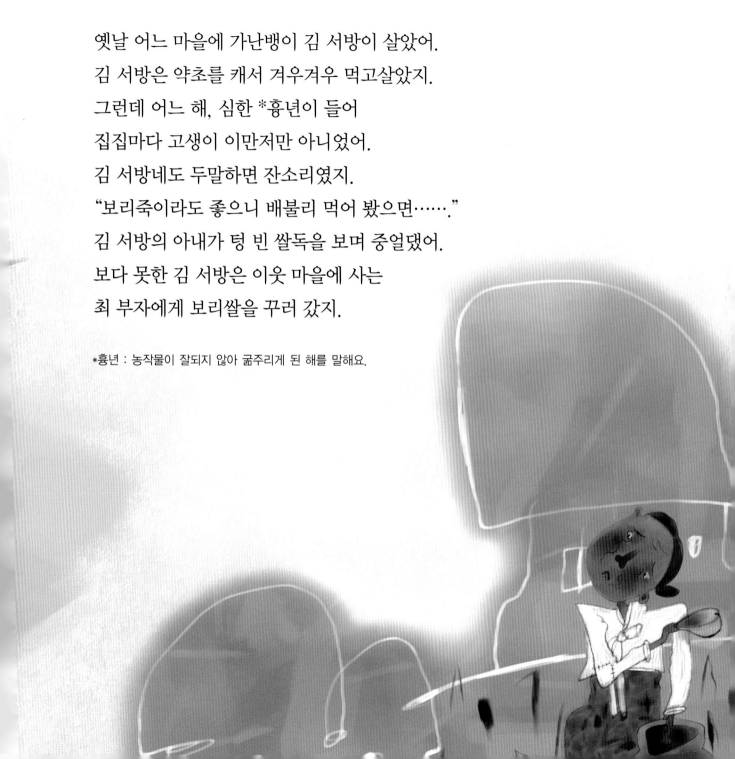

최 부자는 욕심 많고 심술궂기로 소문난 사람이었어.

그런데 웬일로 보리쌀 한 자루를 선뜻 내주는 거야.

"보리쌀 한 말이네. *보리타작을 하거든 갚게."

"고맙습니다, 영감마님."

김 서방은 자루를 짊어지고 집으로 돌아왔어.

그런데 이게 웬일이야.

자루를 열어 보니 보리쌀에 모래가 잔뜩 섞여 있는 거야.

'이런, 최 부자에게 깜빡 속았구나!'

*보리타작 : 보리 이삭을 떨어서 낟알을 거두는 일이에요.

어느덧 봄이 지나 김 서방은 보리타작을 했어.
그래서 보리쌀 한 말을 챙겨 들고 최 부자 집으로 갔지.
"이것 봐, 달랑 보리쌀 한 말만 들고 왔나?"
최 부자는 *이자로 보리쌀 한 말을 더 내놓으라고 했어.
"이것밖에 없는데 어쩌지요?"
"그럼 한 말 값만큼 땔나무라도 해 오게."
이렇게 해서 김 서방은 날마다 최 부자 집에
땔나무를 한 짐씩 해 주기로 했어.

*이자 : 남에게 어떤 것을 빌려 쓰고 일정한 비율로 치르는 대가를 말해요.

하루는 김 서방이 아침부터 쫄쫄 굶고 산길을 오르는데
눈앞이 어질어질하고, 머리가 핑글핑글 도는 거야.
김 서방은 지게를 내려놓고 잠깐 쉬었지.
그런데 나무 아래에 부채 두 개가 덩그러니 놓여 있어.
'아니, 이런 산속에 웬 부채람?'
하나는 빨간 부채이고, 다른 하나는 파란 부채였어.
김 서방은 부채를 접어 두고 부지런히 나무를 했지.

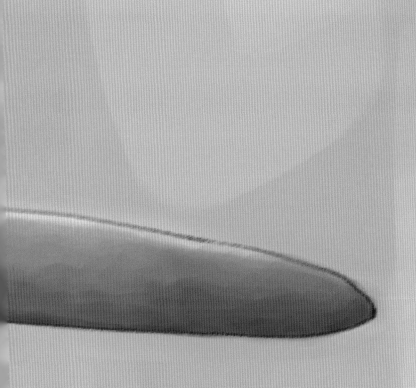

"어휴, 덥다, 더워."
나무를 하던 김 서방은 빨간 부채를 펼쳐 살살 부쳤어.
바람이 살랑살랑 일어 무척이나 시원했지.
김 서방은 눈을 지그시 감고 계속 부채질을 했어.
그런데 코가 점점 묵직해지는 거야.
더듬더듬 코를 만져 보았더니, 이게 웬일이야?
코가 팔 길이만큼 늘어나 있는 게 아니겠어?
"아니, 내 코가 왜 이래?"

'이 빨간 부채 때문에 내 코가 늘어난 건가?'
김 서방은 고개를 갸우뚱하며 *긴가민가했어.
그래서 이번에는 파란 부채를 집어 들고
아주 조심조심 부채질을 해 보았지.
그랬더니 늘어났던 코가 도로 줄어드는 거야.
"옳다구나! 요술 부채로구나!"
신이 난 김 서방은 지게도 내팽개치고
후닥닥 산을 뛰어 내려왔어.

*긴가민가 : 그런지 그렇지 않은지 분명하지 않은 모양을 말해요.

16

17

김 서방은 부랴부랴 안방으로 들어갔어.
그러고는 혹시 누가 볼세라
슬그머니 빨간 부채를 꺼내 살살 부쳤지.
코가 죽죽죽 늘어났어.

다시 파란 부채를 슬슬 부쳤더니
코가 삭삭삭 줄어들었어.
'신통한 이 부채를 어디에 쓰면 좋을꼬?'
한참 *궁리하던 김 서방은 무릎을 탁 쳤어.

*궁리하다 : 마음속으로 이리저리 따져 깊이 생각한다는 말이에요.

19

20

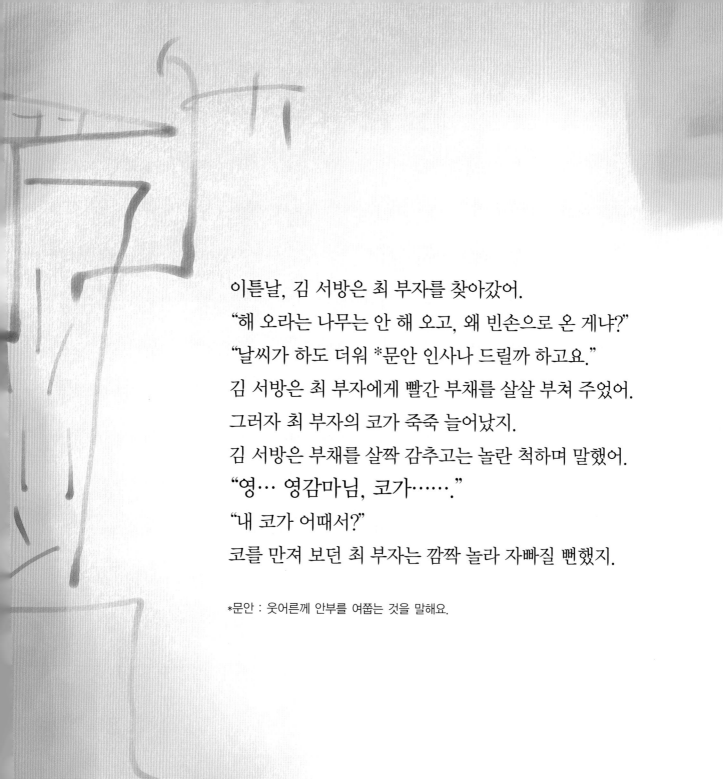

이튿날, 김 서방은 최 부자를 찾아갔어.

"해 오라는 나무는 안 해 오고, 왜 빈손으로 온 게냐?"

"날씨가 하도 더워 *문안 인사나 드릴까 하고요."

김 서방은 최 부자에게 빨간 부채를 살살 부쳐 주었어.

그러자 최 부자의 코가 죽죽 늘어났지.

김 서방은 부채를 살짝 감추고는 놀란 척하며 말했어.

"영… 영감마님, 코가……."

"내 코가 어때서?"

코를 만져 보던 최 부자는 깜짝 놀라 자빠질 뻔했지.

*문안 : 웃어른께 안부를 여쭙는 것을 말해요.

최 부자의 코가 늘어났다는 소문은
순식간에 온 마을에 퍼졌어.
"최 부자가 이상한 병에 걸렸다며?"
"응, 코가 빨랫방망이만큼 늘어났대, 글쎄."
"아유, 세상에. 욕심만 부리더니 벌 받았군."
마을 사람들은 모였다 하면 코 얘기를 하며 쑥덕거렸지.
최 부자는 방문을 꽁꽁 걸어 잠근 채 꼼짝도 하지 않았어.
그리고 자신의 병을 고쳐 주는 사람에게는
재산을 절반 떼어 준다고 했지.

그 말을 들은 김 서방은 최 부자를 찾아갔어.
"영감마님, 제가 산에서 좋은 약초를 캐 왔습니다.
이것을 달여 드시면 병이 씻은 듯 나을 것입니다."
김 서방은 약초를 달여 최 부자에게 주었지.
그러고는 최 부자가 약을 마시는 동안에
슬쩍 파란 부채를 꺼내 살랑살랑 바람을 일으켰어.
그러자 기다랗던 최 부자의 코가 금세 줄어들었지.
"코가 줄었네! 코가 줄었어!"

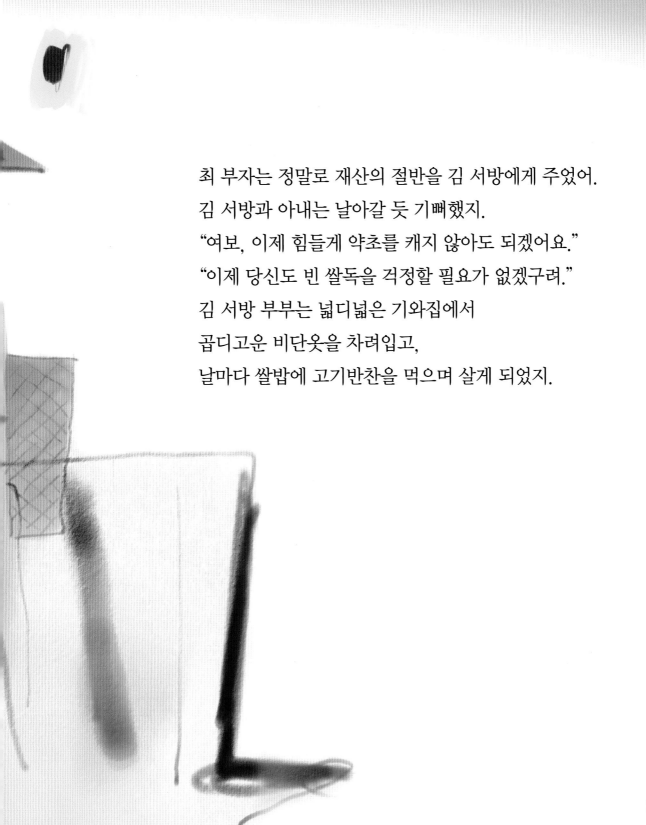

최 부자는 정말로 재산의 절반을 김 서방에게 주었어.

김 서방과 아내는 날아갈 듯 기뻐했지.

"여보, 이제 힘들게 약초를 캐지 않아도 되겠어요."

"이제 당신도 빈 쌀독을 걱정할 필요가 없겠구려."

김 서방 부부는 넓디넓은 기와집에서

곱디고운 비단옷을 차려입고,

날마다 쌀밥에 고기반찬을 먹으며 살게 되었지.

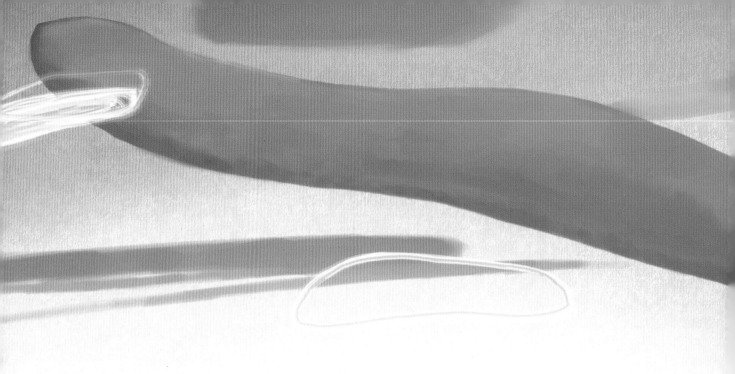

그러던 어느 날이었어.
김 서방은 마루에 벌러덩 드러누워 생각했지.
'이 빨간 부채로 코를 부치면 얼마나 길게 늘어날까?
하늘나라까지 닿으려나?'
궁금해진 김 서방은 빨간 부채로 부채질을 시작했어.

죽죽죽 코가 늘어나네.
팔랑팔랑 바람 불 때마다 코가 늘어나네.
구름에 닿으려나. 코가 늘어나네.

29

김 서방은 부채질을 멈추지 않았어.

김 서방의 코는 옥황상제가 사는 하늘나라까지 닿았지.

"저게 무엇이냐?"

기다란 코를 본 옥황상제가 어리둥절해서 물었어.

"사람의 코 같습니다."

"뭐라? 저 이상한 코를 당장 기둥에 묶어라!"

옥황상제가 소리치자 선녀들이 코를

기둥에 대고 끈으로 꽁꽁 동여맸지.

어이쿠, 코야!

"어이쿠, 코야!"
김 서방은 부랴부랴 파란 부채를 부쳤어.
그랬더니 갑자기 코가 팽팽해지면서
몸이 공중으로 붕 떠오르지 뭐야.
코끝이 하늘나라 기둥에 묶여 있으니 그럴 수밖에.
"사람 살려! 사람 살려!"
김 서방은 발버둥을 쳤지만 아무 소용없었어.
결국 김 서방은 제 코에 대롱대롱 매달린 채
구름 속으로 사라지고 말았단다.

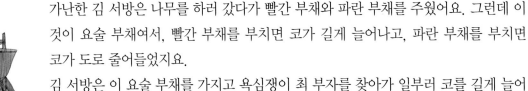# 요술 부채 작품해설

옛이야기 속에는 재미있는 상상이 가득 들어 있어요. 매일 먹는 물이 젊음을 가져다 주는 약이 되기도 하고, 구슬에서 쌀이 나오며, 맷돌에서 곡식이 쏟아져 나오기도 하지요. 〈요술 부채〉도 마찬가지로 일상에서 흔히 사용하는 부채에 특별한 힘이 있다는 상상으로부터 출발해요.

가난한 김 서방은 나무를 하러 갔다가 빨간 부채와 파란 부채를 주웠어요. 그런데 이것이 요술 부채여서, 빨간 부채를 부치면 코가 길게 늘어나고, 파란 부채를 부치면 코가 도로 줄어들었지요.

김 서방은 이 요술 부채를 가지고 욕심쟁이 최 부자를 찾아가 일부러 코를 길게 늘어뜨려 놓아요. 코가 길어진 최 부자는 코를 고쳐 주는 사람에게 재산의 절반을 내놓겠다고 하지요. 그러자 김 서방은 다시 최 부자를 찾아가 파란 부채로 코를 고쳐 주고 부자가 돼요.

그 뒤 매일매일 빈둥거리며 지내던 김 서방은 빨간 부채를 부치면 코가 어디까지 늘어날까 궁금해졌어요. 김 서방은 빨간 부채로 부채질을 했지요. 그러자 코는 점점 길어져 하늘나라 옥황상제가 사는 곳까지 닿았어요.

김 서방의 코를 보고 놀란 옥황상제는 그 코를 기둥에 묶으라고 명령하지요. 코가 따끔해진 김 서방은 파란 부채로 부채질을 했어요. 그러자 코가 줄어들면서 결국 제 코에 매달려 구름 위로 사라지고 말지요.

김 서방이 부채를 얻어 좋은 일에 썼다면 행복하게 잘 살았을 거예요. 하지만 정직하지 못한 방법으로 최 부자를 속였기 때문에 혼쭐이 난 것이지요. 이 이야기는 남을 속이면서까지 욕심을 부리면 행운도 불행으로 바뀔 수 있다는 것을 알려 주고 있어요.

꼭 알아야할 작품 속 우리 문화

지게

지게는 짐을 얹어 등에 지고 나르는 기구예요. 땔감으로 쓸 나무를 싣기도 하고, 장에 내다 팔 물건을 싣기도 했지요. 지게는 우리나라 고유의 운반 기구로, 우리 민족이 만들어 낸 가장 우수한 도구로 손꼽힌답니다.

보릿고개

보릿고개란 묵은 곡식은 거의 떨어지고 보리는 아직 여물지 않아 농촌의 식량 사정이 가장 어려운 때를 이르는 말이에요. 보통 5~6월이 보릿고개였지요. 먹을 것이 없어 살기 어려운 시기를 넘기 힘든 고개에 비유해서 '보릿고개' 라고 한 것이지요. 이 보릿고개 시기에는 먹을 것이 없어 나무뿌리나 껍질, 풀까지 먹었답니다.

쌀독

옛날에는 벌레와 쥐로부터 쌀을 안전하게 보관하기 위해 질그릇으로 만든 '독' 을 사용했어요. 이것을 '쌀독' 이라고 하지요. 쌀독은 주로 곳간에 두고 사용했으며, 비슷한 것으로는 나무로 궤짝같이 만든 '뒤주' 라는 것이 있답니다.

▲쌀독   ▲뒤주

조상의 지혜를 배우는 속담 여행

〈요술 부채〉에서 김 서방은 가난하게 살다가 우연히 '요술 부채'를 얻어 부자가 되었어요. 그런데 괜한 욕심을 더 부리다가 결국 구름 위로 사라져 버렸지요. 여기에서 배울 수 있는 속담을 알아보아요.

가는 토끼 잡으려다 잡은 토끼 놓친다

너무 욕심을 부리면 이미 이룬 일까지도 망치고 만다는 말이에요.

집에 가서 맛있게 먹어야지……

앗, 저놈이 물고 있는 것은 한우 고기인 것 같은데……

쯧쯧, 바보로군!

오!

오!

가는 토끼 잡으려다 잡은 토끼 놓친 격이로구나! 그러게 욕심을 너무 부렸어.

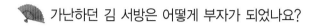 가난하던 김 서방은 어떻게 부자가 되었나요?

🪭 지나친 욕심은 화를 부른답니다. 여러분 주변에서 욕심을 부리다가 화를 당한 경우를 찾아보고, 엄마나 친구들과 이야기해 보세요.

🪭 다음 두 부채가 요술 부채라면, 코가 늘어나거나 줄어드는 요술 부채가 아닌 어떤 요술 부채였으면 좋을지 빈칸에 써 보세요.

_____   _____

_____   _____

_____   _____

💙 1~2학년군 국어 ②-나 9. 상상의 날개를 펴고 249~253쪽

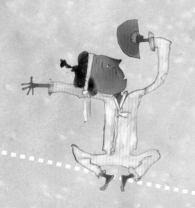